鏡像攝影

鏡像攝影

鏡像攝影

禅の

鏡像 ◯ 著

前　言

《隨緣的模樣》

我不是為了留名

　也不是為了留芳

　　這是我一吐為快的

　　　孤獨行者的心房

我心中的故事

　雖然只是鏡像

　　您卻可以看見

　　　我方便隨緣的模樣

情感和虛空

　就如同色即是空

　　幻化空身即是法身

　　　隨緣而住　真實的心相

煩惱　痛苦

菩提　解脫

色不異空

隨緣無礙的心

即是菩薩的名相

紅塵裡的愛戀

那是我塵世的模樣

雖然如同夢幻

是故事創作想像

它隨風飄蕩

也如同風一樣

我把它寫出來

讓您看到

美麗花朵的芬芳

隨緣就真的是

最美麗地綻放

否則就像

耗子精的無底洞

讓您輪迴在六道境相

悟道了　修成了

色即是空　空即是色

無明實性即佛性

隨緣即覺悟的名相

我不好也不壞

隨緣變現

七彩花朵的模樣

您喜歡

就拿去吧

不喜歡

就扔向遠方

好壞的分別

是您心的選擇

我都歡喜接受

像隨緣的風兒飄蕩

您真的見到我

就笑一下

原來如此

還有修行的名相

《風》

業識的風

是心展現的風景

喜怒哀樂

颳風下雨

都是他變幻的心情

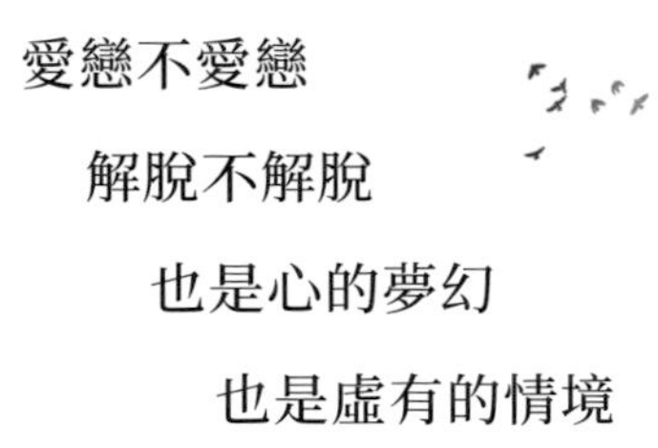

愛戀不愛戀

解脫不解脫

也是心的夢幻

也是虛有的情境

我只是隨緣的風

希望這個風

是吉祥的風

他能帶給您

一道彩色的風景

帶給您

我的吉祥祝福

是那樣的真誠

《痕跡》

——願望

以前的一切

像蒲公英一樣

隨風飄蕩

它隨著風兒

落到哪裡

那是前世的播種

今世才走的一趟

已經過去的故事

像藍天裡

乘風的夢幻白傘

用筆

隨意地塗寫

童話般的篇章

其實

那是我心的軌跡

用生命的色彩

把傳奇的情感宣講

過去了　過去了

只是在記憶裡

有一片彩色的雲航

已逝的時光啊

像潺潺的溪水

奏出奇妙的樂章

虛空裡的泡影

因緣生　因緣滅

那是

情感的心槳

攪起的白色波浪

心中泛起

感嘆的聲響

境相　原來就是

心投射的鏡像

祝有緣人吉祥如意！

祝世界和平！

心念起處

即有了形識

走入心裡

卻是在原處

一念生時

虛幻了一世

鏡像裡的你

消失在鏡像的心裡

鏡像攝影

目錄 CONTENTS

目錄 CONTENTS

目錄 CONTENTS

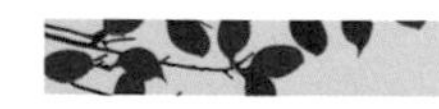

目錄

CONTENTS

鏡像攝影

看了雪花　看梅花

梅花映紅了臉頰

雪花染了頭髮

一直悠悠地

染到滿樹盡是梨花

浸染了一生年華

失去依戀的心鄉

受一季寒霜
哭泣是為誰所傷
蕭瑟裡的滄桑
寂滅了模樣

現了一世生命絕響
為誰獻了芬芳
又被誰所賞

豔麗只是衣裳
一切的過往
只是為了你的目光
希望你的心房
有我的馨香
並將我的雕像

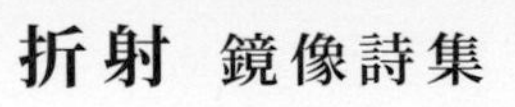

放在你心中的殿堂
我一世的柔腸
成為你依戀的心鄉

緣份一場
是情意綿綿兩廂
現今的悲傷
是今生緣盡
失落心情的飛揚
從此　心難忘

雪花染了頭髮

看了雪花　看梅花
梅花映紅了臉頰
雪花染了頭髮
一直悠悠地
染到滿樹盡是梨花
浸染了一生年華

醉了的青春韶華
是一朵鮮花
穿著輕曼的薄紗
心中是瑰麗的心芽
四處將浪漫踩踏

遊走海角天涯

像是彈奏一曲

輕快熱情的琵琶

老了手捧著經書法華

用滄桑撫摸頭髮

淡然了的心啊

只想建一座

讓心皈依清淨的佛塔

鏡像裡

心念起處
即有了形識
走入心裡
卻是在原處

一念生時
虛幻了一世
鏡像裡的你
消失在鏡像的心裡

妄想了一彎彩虹
心就生了你
原來就在心裡
眼睛卻看著別處

分別了我你

分別了有無

又分別出了天地

依戀了又排斥

妄心的鏡像

真的是誘人的美麗

手拿玫瑰花一枝

一夢就是萬千世紀

從虛無來時

即是虛無歸處

寂靜時

沒有鏡像裡的自己

眼淚

保存了你的眼淚
養了一枝玫瑰
那美麗的花下刺
刺傷了我的心
也流下了我的眼淚

遊子會在心裡回歸
潮水也會退
被刺傷的心喲
鮮血眼淚的勾兌

正是被染紅的玫瑰

它又成了塵灰

是情感的純粹

卻幻化成了輪迴

掌紋

你撐著雨傘
頂碎了雨滴紛紛
來到了我家門

一襲幽幽的心意
浪漫著情深
從此　也撞開了
我心中關閉的大門
留下深刻的痕
也留下情份
刻在來世
記錄著命運的手紋

流浪在紅塵

算命先生托著手

說著命運的流年和情份

看著不停的嘴唇

心裡留下了波紋

延綿擴散

成了生命的年輪

成了來世的掌紋

晚霞與花

飛鳥親暱著晚霞
風輕撫著花
熱情的盛夏
喝一杯清涼的茶
禪茶一味
心寂靜地作答
禪坐在屋簷之下

禪坐形如塔
不見心事如麻
好像寂靜無聲作啞

又像聽人演奏琵琶

只是行者的心呀

觀修心法

觀止了晚霞

觀止了美麗的花

已把色聲斬殺

夢幻的心繚繞

風好像睡著了
月兒靜謐地微笑
月光無限好
撫平了白天的塵囂

河畔靜悄悄
夢幻的心卻繚繞
變成了夜晚的主角
不斷地起潮
不願平靜地著落
想與人開心地宣告

像一隻飛鳥
想著任性地飛跑
好去四處尋找
翱翔在夢想的雲霄

隨風的樹影

夜幕裡的一縷風
送來嘆息聲
像是夢幻的年齡
不該有的傷情
隨著風兒冷凝
迴旋在落葉的院庭
沒有心情笑迎
只見隨風的樹影
恍惚朦朧了心情
成了我情感的歌聲

晨起　撞鐘鳴

天有陰晴

月有圓缺之情

人心動靜

只是黑夜天明

行者之心難定

禪院晨起撞鐘鳴

何時天晴

心清淨

觀看圓月星星

秋葉飄零

秀髮女孩娉婷

彈奏的琴聲

婉轉悠揚繞行

山水相映

皆是心境有情

清淨自歇停

何來晝夜陰晴

折射

我走進了她的眼裡
走進了她的心裡
從她的笑容中
看到了她的歡喜
她的清香的
柔軟清亮的情絲
把我纏住
纏進了她的眸子
從此　盈盈的水面
有了我的影子

愛戀　夢幻

因為愛戀
想去遙遠的天邊
採一片彩色的霞
放在你的枕邊
與你住進紅塵樓境
鮮花大地開遍
沈迷於夢幻

彩霞因緣俱足出現
本身就是七彩虛幻
所以現出紅樓
把童話演變
可是為什麼
自己甘願被欺騙
演繹新的夢幻

生滅即是靜寂

寒風凜洌催逼
枯葉飄離　綠色消逝
沒有了色彩斑斕
也不見熱情的你

不捨的東西
是情執的習氣
執著那是自己的事物
自己的地盤

執著自己的心靈天地
取捨的留下和捨棄
那是心兒隨境偏執
執著夢幻為實

在塵世虛幻裡
繁華泡影即空寂

寂靜　竟待何時
若能看破放下時
即刻　世界清澄靜寂
心無來去
不用看花開花謝的四季

塵埃

花開花謝　染著在鏡台
隨風化作塵埃
春去春又來
大地必然在

人只是一粒塵埃
執著追求成與敗
只是本性難移
功名利祿隨業來

山河相隔千里外
有緣故人在
雖然胎迷如沾粉黛
緣份相續不會改

桑田歲月變滄海
四季輪迴來
業力隨緣花又開
有人欣賞　有人採

一念是因　是塵埃
命運宇宙是果來
日月依然應猶在
妄心隨境亦難改

也罷　也罷
夢幻泡影中去來
只是六道裡名相改
何時清淨　不讓妄念猶在

隨筆

夢裡的六趣　奇幻的世紀
執著了美麗　煩惱了得失
境界的名相　一念之形識
思維了有無　色空即是一

採桃花一枝　種一棵桃樹
愛恨是心生　隨境起歌舞

心中沒有敵　天下亦無敵
無分別執著　容得下天地

起心動念無　不迷皆靜寂

心生蝴蝶翩翩

害怕孤獨黑暗
將心念的燈點燃
想看屋外的景色
拉開遮擋的窗簾
希望沐浴在晨曦鮮花間
走出蝸居的房間

想生活有伴
兌現生命的情緣
卻一切皆是
生命的因緣
由心製造的夢幻
由心生出的蝴蝶翩翩

中國秤

北斗七星　南斗六

　再加福祿壽

　　好秤一桿秤萬物

　　　秤得人生　也可秤天地

人在做　神在看

　短一減福　短二減祿

　　短三減壽　天地在作證

　　　阿賴耶識留種子

由著你的心

　是上天還是入地

　　天地也是你的阿賴耶識

一切的心想

　都是圖示

　　更是軌跡

　　　會留下顯現的故事

除非清淨

才有佛土的清淨

才有一真法界

唯一真實　不可思議

中國秤是十六兩為一斤。中國人講天人合一，講天地自然為道。所謂：北斗七星加南斗六星，再加福祿壽三星，為十六。所以以前的秤是十六兩一斤。現在的台灣還保留著傳統，十六兩為一斤。

大山　雲雨　雙翼

大山的呼吸
是繚繞瀰漫的雲霧
大山的低語
是山間清流的小溪
彷彿依稀
聽到了山的心啼
我想化成親暱的雲雨

在大山的懷抱裡
享受著清新和美麗
在山的磅礴氣勢裡
好像有了堅毅
站在高高的山巔上
沒有了壓抑拘泥

我靜靜地佇立
有了頂天立地的勇氣
不需要相思雨
更不需要呻吟的淚滴
心生了翱翔的雙翼

風托著我的雙翼
好像大鵬展翅
和廣闊的天空相依

如果有雨淅瀝
那是我隨著風來去
灑了喜悅的心雨

迷霧

好像已生疏
墜入了境相迷霧
情感變得荒蕪
心有些恍惚
視力開始變得模糊
心隨著風移步
思緒被放逐

時間是個怪物
記錄了太多悲苦
故事跌宕起伏
惹了情感的詩哭
紅了雙目

情感的出處

是一念的動心涉足

就義無反顧

雖然感覺唐突

呼吸有些急促

心跳還是起了迷霧

鏡像攝影

相約的今世
是彩虹的約期
雪花吻開了梅花
因緣的生命一季

情殘一念的前世
一縷情絲記憶
到了今生情愁幾時
情扯　不願分離

情執心化她

思緒化成一串念花
那是情的牽掛
情念一縷裊裊雲煙
化成絲雨送她
綿綿的情思
織成了七色彩紗
隨風輕撫她的面頰

情難捨　又成風
吹動樹葉沙沙
那是撩心的情話
最後化成天邊的彩霞
霞光萬道照耀著她

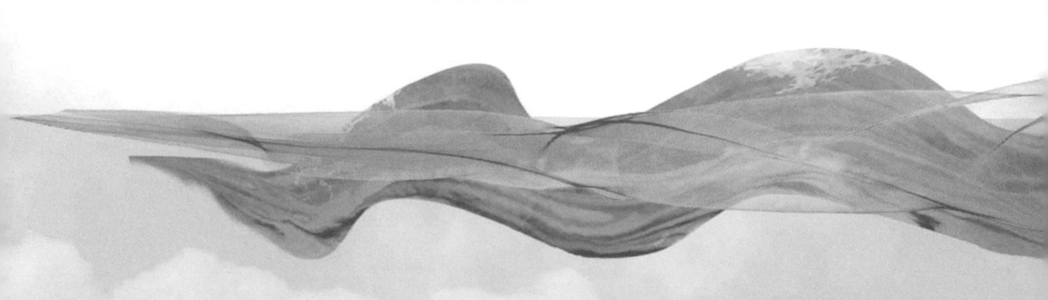

悠悠歲月蒸發

消失了芳華

一轉眼就是白髮

生命就像是一粒沙

在塵世裡飄天涯

心裡情感執著

那朵美麗的小花

彼此的召喚

真妄兩心的糾纏
很難說再見
一個是此岸
一個是覺悟的彼岸

妄心伴著我入眠
是因為我見
為了情感的誓言
那份情緣
走過了萬水千山
也跨過了滄海桑田

雖然如露亦如電

生命只是續緣

我還是睜大兩眼

尋找你的容顏

遊走在此岸

那軟綿沙子的河畔

為了情思執念

劃一道虛幻的雷電

繼續彼此的召喚

彩虹的約期

相約的今世
是彩虹的約期
雪花吻開了梅花
因緣的生命一季

情殘一念的前世
一縷情絲記憶
到了今生情愁幾時
情扯　不願分離

花瓣枯成飛灰

成煙到來世

夢成綿綿風雨

吻開情花相續

又是慾念的一世

纏綿了彩虹的約期

一個夢幻

了了一段緣
回頭上了河岸
心中的波瀾
經歷過多少河山
不會悔怨
明白覺悟的太晚
那是命運的糾纏
業力的因緣
到了　必然兌現

喝一杯清茶
體會著濃淡
看著茶葉幾片
漂在冒著熱氣的水面
曾經的情感言歡

只是心海

駛過的一艘帆船

只是心念

製造的一個夢幻

風和光　隨緣飄蕩

情感就像一扇窗
打開了　就進來風和光
氣息裡有芬芳
多情地往心裡流淌
彷彿是人在低聲吟唱

又是月圓清涼
不見鳥兒飛翔
只有河水靜靜地流淌
送走過去的時光
過去了就得不到　追不上

樹梢隨著微風輕晃

和風情意綿長

葉兒輕輕的窸窣聲響

就飄在耳旁

忘了內心的迷濛惆悵

月光下樹木影子長

情意難以相忘

真想去流浪

不願住留在心地的枯黃

隨風隨緣在四季裡飄蕩

花瓣紛紛

月光將街燈點燃
風在桃林裡穿
花落了一地誰憐
孤獨地感嘆

夜空裡星光點點
那花瓣卻紛紛
情思漫漫
一串淚珠潸潸

夜裡入夢魂牽
一縷馨香
一片的色艷
為何將思緒搞亂

等你過來

春花已經開
不見你來摘
已經好幾載
還在心裡待

醉意猶然在
色紅還在腮
心思曬一曬
等著你過來

情緣短暫

曾經十指緊扣
以為會天長地久
當命運讓你遠遊
只好在造化面前低頭

我站在小小山丘
看著你的背影離去很久
知道沒有了以後
內心是枯葉飄悠
蕭瑟風吹寒冷的秋

前世沒有深種善緣

沒有在佛前祈求

今世情緣短暫只是逗留

從此不會為情消瘦

再也不用為你等候

燈光

河岸燈火闌珊
照亮碼頭河畔
燈光月光河面糾纏
波光掠影浮泛

心念不停糾纏
一會兒是遠山
一會兒是河面
又一會兒燈火闌珊繾綣
原來是相思河畔
朦朧綿綿委婉
浪漫了一首詩篇
寫著幽夢雲煙

迷離光色染了衣衫

又起思念

將遠處的心光召喚

觀看燈火的彼岸

點燃燈火一盞

將火光觀念

照亮心房　照亮眼簾

照亮世界大千

飛鴻的輪迴

孤鴻是在尋找
找尋那個伴侶
陣飛的飛鴻
是在尋找樂園
尋找它們心的唯一

它們有各自的伴侶
卻能一個族群統一
心心相印的一個目的
翱翔萬里天際

看著飛鴻遠離
回到小時候的記憶
那童話般的情意
重溫夢幻的演繹故事

忘情的風雨

忘情的風吹過
失去最美的風光
忘情的雨淋過
心裡留下了創傷
風雨都過了
再也嗅不到　嗅不到
如夢般的馨香
美麗的花朵
失了顏色的嬌豔
失了誘人的花香

輪轉　真情永遠

告別家園
四季輪轉
風雨飄搖往事如煙
髮已霜染

少年心願
早已飛散
花開花落失了容顏
光陰似箭

昨天雨點
今天雨點
已是春秋別樣重天
只能夢現

笑聲香甜

容貌嬌豔

彈指之間皆已不見

如夢如幻

少年老年

紅塵一轉

心隨境移轉動兩眼

情感永遠

一念之差的魂魄

一念之差的魂魄
孤獨踟躕寥落
因緣的紅塵
將命運緊緊地掌握
在幻境裡意識化蝶
翅膀飛舞把心意訴說
七彩的世界裡
為何又眼淚婆娑

為了那份美麗的執著
為了心動的不能忘卻
經歷多少磨難
又將多少歲月蹉跎

天人感應皆由心現

有了白雲幾朵

又有多少大雨滂沱

原來是情緣紅線纏繞

六道相續的繩索

多少生生世世已過

多少寂寥繁華盡落

這世俗的漩渦

滿是心相的輪廓

只不過是開謝的花朵

遊歷在世界娑婆

命運的業力無處可躲

俗緣未了的魂魄

心境有情

風柔　柳枝輕輕搖盪
搖出了紅紅的夕陽
讓自己的影子長
還有柳絮飛揚

風有一點微涼
吹出一溜的詩行
那飄忽的馨香
是一位清秀的姑娘

一處美麗的花房
有無數故事珍藏
掀開曾經的過往
那是深情的欣賞

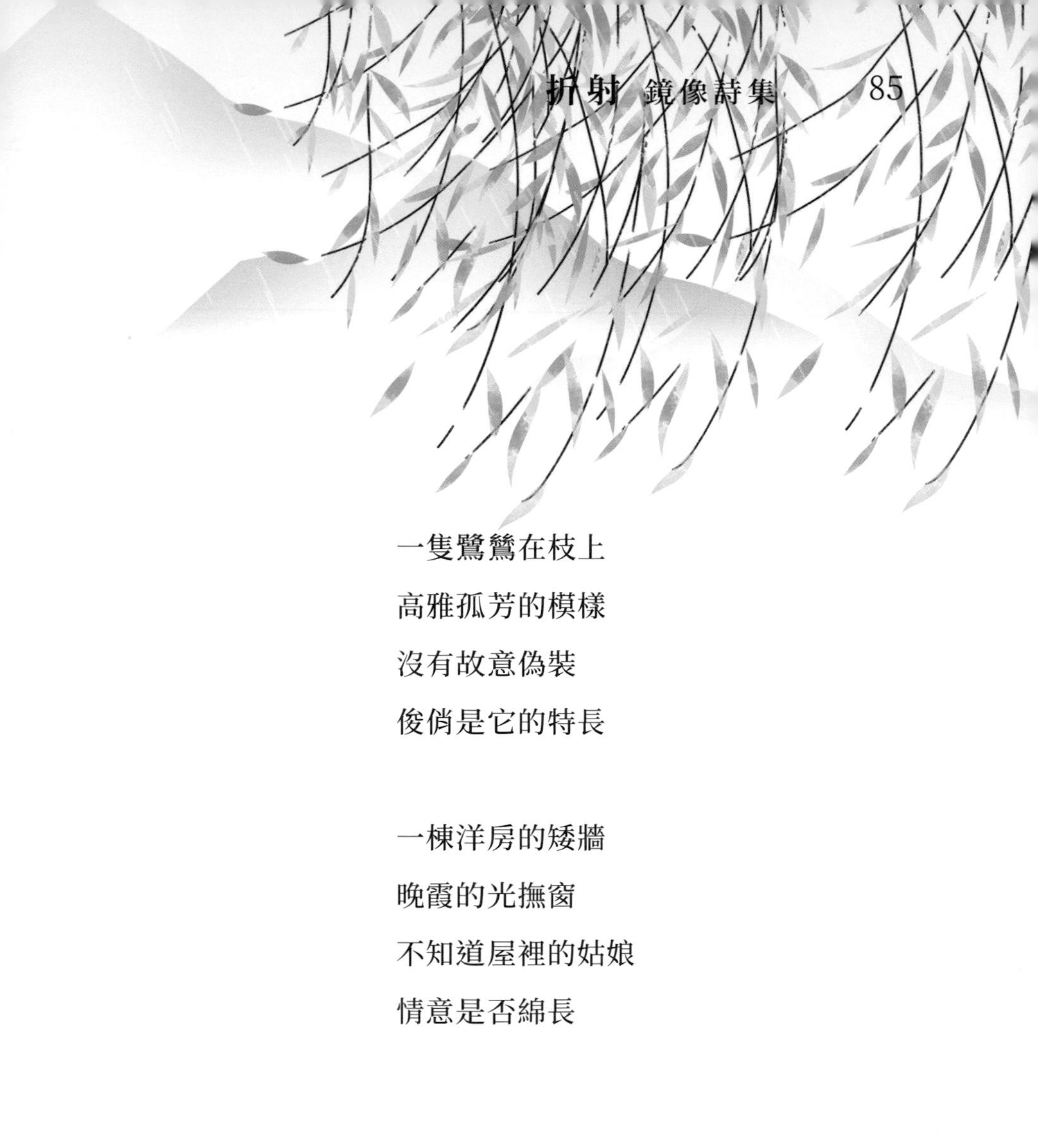

一隻鷺鷥在枝上
高雅孤芳的模樣
沒有故意偽裝
俊俏是它的特長

一棟洋房的矮牆
晚霞的光撫窗
不知道屋裡的姑娘
情意是否綿長

情現之觀

(一)

在美麗的河岸
埋葬我的思念
不再思之不見
不再佳人不還

(二)

細雨濛濛濕了河畔
相思之塚生出花妍
流過之水逝情依然
花卻詩歌馨香萬言

(三)

心動之泉　湧情不斷
七彩色現　彩虹掛天
百種花瓣　春色滿園
萬里江山　鏡中之念

慧眼之觀　眾生之臉
生死之間　心之夢幻
夢短千年　夢長萬年
無明是凡　清淨是仙

夢幻裡夢想

船槳盪起波浪
小船滑行搖晃
紅紅的夕陽
讓水的波長
泛著幸福的彩光
現場一片快樂的模樣
歡聲笑語蕩漾
一個念頭的境相

風兒清爽清涼
開心的景象還在心上
就像花開了有芬芳
未來會怎樣

那是以後的故事傳唱
花謝感傷的地方
不是現在的過往
也不是現在的悲傷

心隨著境相
在七情六慾裡滄桑
建立美麗的花房
想著看花豔麗飄香
想著避開風雨的氣象
讓花在心想的地方
執著一個假象
在夢幻裡期盼夢想

心境

雨後天晴
空氣清清
走出躲雨小亭

水珠晶瑩
因境心生輕盈
歡喜之心
猶如天堂之境

因緣具足
相依心境
境像和心相應

香浸透了身心

一縷清新的幽香

溢滿禪修殿堂

靜謐氣息滋潤心房

致遠的清淨

心彷彿在天上

淡淡的　不張揚

只有怡人的休養

這幽幽一襲

似有似無的暗香

融進了每個細胞

也浸透陶醉了心房

靜靜地流淌

靜靜地欣賞

心現澄清的明光

春秋

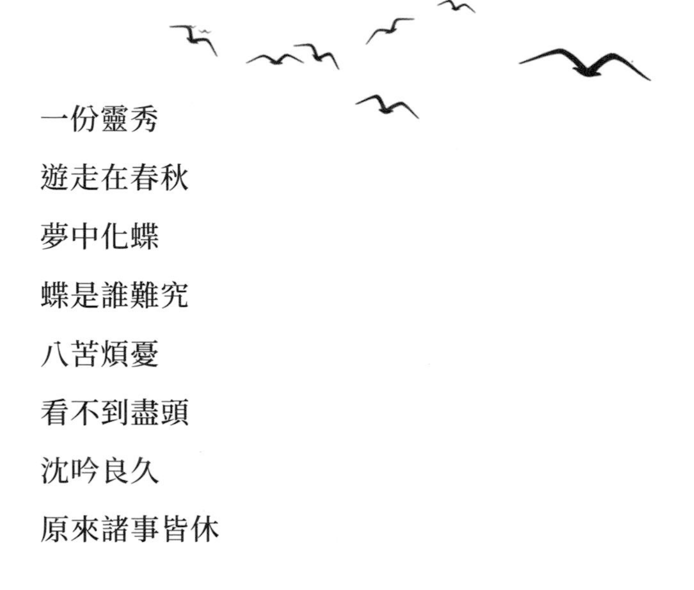

一份靈秀
遊走在春秋
夢中化蝶
蝶是誰難究
八苦煩憂
看不到盡頭
沈吟良久
原來諸事皆休

究竟是南柯一夢

現身影大小胖瘦

想留難留

只有心跡種子識留

時空生命

只是心動的河流

幻化演繹

人事間的春秋

鏡像攝影

一碗孟婆湯

前世化塵揚

塵帶幾縷幽幽馨香

時空中迴盪

又是夢一場

一念歲月悠悠漫長

心兒隨緣流浪

扯起情絲飄揚

舞蹈春秋

如約在河畔等候
夜風已經灌滿衣袖
茫然之間
就是千年溜走
只是為了心中的溫柔
不願意回首

彷彿朦朧的心頭
一點的靈秀
化成一片錦繡
一河美酒
飲後　舞蹈著春秋
發現四季輪流

生滅只是因緣

沒有自由

只是黑髮變白頭

看歲月陳舊

生命只是

紅塵裡的一葉小舟

好像天地不朽

卻不能深究

原來長久

也會慢慢腐朽

如果貪求

也會一念生起而就

心念紛飛

花瓣紛飛　又是一世輪迴
物是人非　變了名相再會

一念夢迴　像一粒飄浮的塵灰
因緣相隨　又看見了你的眼眉

希冀相偎　執著的心難覓難回
哪怕心碎　在生滅裡祈願無悔

兩眼相對　對方的心裡有誰
尊貴卑微　都是塵世的煙灰

分離聚會　由心顯現來回
有為無為　淨染由心滅毀

孤魂野鬼　只因惡業相隨
分別比對　心相六道來配

無有念會　自性清淨無誰

春潮

世人都想著
春暖時節折柳梢
盼著暖意風情窈窕
心動了春潮
一浪接著一浪舞蹈
好像心的眼
送著電波示好

正值花兒俏
從此以後忘不了
心間有了芳草
眉眼帶著桃花的微笑
從今以後
遠行千里迢迢
眼前也有你的容貌

心念的意馬

乘著意馬方便
將山河走遍
不需要風帆
只需要思維的源泉

來去皆翩躚
只是優雅觀一畫卷
猶如駕雲神仙
無需與人言
嘴裡也沒有呢喃
只需將心瘋癲
觀看桃花源

千年緣份由心現

傍晚閒聊天

眨眼就到了夜間

好像沒有了珍藏

暴露了心靈空間

夜空星光點點

恍惚間猶如夢現

情景就在眼前

你我原來相識久遠

夢中打開畫卷

千年前的圖像

一輪明月高懸

你安詳地坐在庭院

你望著圓月思念
月光下你美麗的眼
深情的心裡
竟然是我的容顏

沒有任何語言
你的心不在深院
在我的心裡相見
一直到現在若隱若現

清早晨曦已見
你我兩手相挽
沐浴著花的清香
相續心怡千年的情緣

又是夢一場

一碗孟婆湯
前世化塵揚
塵帶幾縷幽幽馨香
時空中迴盪

又是夢一場
一念歲月悠悠漫長
心兒隨緣流浪
扯起情絲飄揚

有多少過往
住在心靈的古老幽巷

愛戀門前池塘

嗅著草木香

品著茶飯　倚著牆

心思繞著惆悵

寄望看著青絲飛揚

山林漫步

山林間漫步
雲深不知尋何處
彎曲的小溪流
陪伴著山路
獨行的我
感覺心不孤獨
只是不能盡廣目
將山頭例數
好似不能盡飲酒
怕酒醉迷了路
只好留酒半壺

一片順水的樹葉

順流去了江湖

被水漂游

心無奈　何故

應該是一路無阻

不再進入眼目

雖然一生隨風舞

老了隨緣萬古

也不知葬在何處

感慨萬千

天地萬物只是氣數

茶葉的心

茶葉泡了多次
淡了色味趣
也就淡了情意
不再加熱相續
心裡再難讚美啟齒
鮮活的情在肚裡

茶葉的神識
隨著香氣
飄散在空氣裡
沒有了以前的覺知
沒有了形體
看著水中的前世

無相　融在空氣

卻在空曠裡有心識

雖然變幻了

生命的形式

無形象的心識

還是心現的故事

年輕的時節

不會忘記
風華萬里
在清晨時的靜寂
空氣清新
只有美麗的晨曦
園內只有你我
那是美好的春季
小鹿亂撞的芳華
內心都是滋潤的雨露

感受的美麗
已經到了極致
似乎喜極之泣
來了細雨淅淅瀝瀝

心無枯木

春花遍地

馨香隨著風飄襲

天朦朧地朦朧

飄飄欲仙心情飛馳

回眸一笑

心猶如駿驥

奔馳在茫茫草原萬里

空中你的笑聲

一串串地飄

瀰漫在整個空氣裡

喜悅之情

眼裡只有你

天地萬象猶如彈指

追光

推開一扇窗
看到外面的風光
為何要建牆和門窗
執著圍心的屏香
而不浸在自然的芬芳
聽微風輕輕吟唱

打開心靈的窗
欣賞自然的清唱
讓情意自然地流淌
綿綿愜意情長
隨緣歡喜體會時光
像一隻鳥兒飛翔

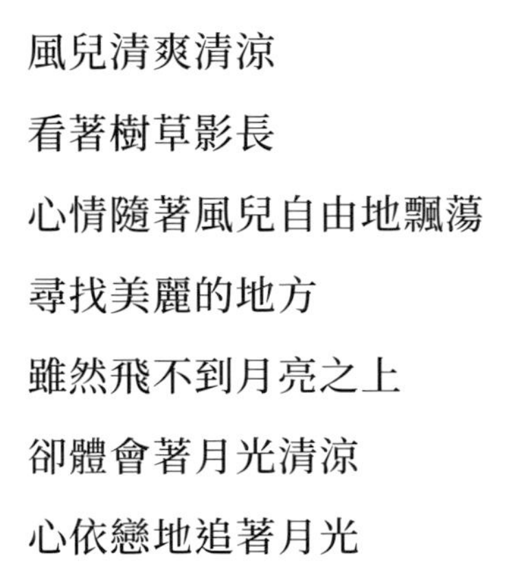

風兒清爽清涼

看著樹草影長

心情隨著風兒自由地飄蕩

尋找美麗的地方

雖然飛不到月亮之上

卻體會著月光清涼

心依戀地追著月光

漣漪……

在心裡曾經留過痕跡
就像石子激起的漣漪
那波紋擴散著心意
激情進入身體每個細胞裡
因緣而起的水花
是種子識的不可思議
聚散之間就是精彩故事

美麗的漣漪已經消失
水面平靜的如同鏡子
不見蹤影的過去故事
我心已波瀾不起
但是也在靜謐之處
藏著一切美好的記憶
雖然如夢卻不會忘記

像雲煙一樣的影跡

因緣具足而生的圖像影子

無論愛得多麼感人

恨得多麼驚心動魄

如同夢幻泡影一般

不管多麼燦爛絢麗

都會像風一樣地散去

雲雨濛濛

雲雨濛濛微涼
雲水朦朧一方
空氣裡瀰漫著草香
溫柔了心房
模糊了時光

好像天地情長
問候也沾染了衣裳
情念無量
撫潤了身心
全是您的馨香

隨緣露珠

情似露珠
隨緣散聚
因情凝聚成形
晶瑩剔透甘露
因緣散成氣
化在無形天空裡

成形是聚
成風是散
只是隨緣而已
攬微風　風不住
只是一絲風語
寒涼晚秋一露珠

感嘆

漫漫曲折的人生道
八苦染污繞
歡樂短少
猶如野火燒不盡的
輪迴復生的野草
無法躲逃　被火燒

四季裡感覺春好
鮮花開放香繞
明媚的陽光普照
馨香沁入肺腑
清新快樂進入懷抱
忘了生滅也會到

境相把心撩

火宅熾熱燃燒

反覆將生命煎烤

一直生活到老

花謝的時候沒有歡笑

只有妄念在煩惱

分別的筆記

一生只是荒唐
追逐著風　追逐著香
追逐著太陽
從東方到西方

寫一篇文章
獨自欣賞孤芳
信步從東房
又躊躂到西房

執著浪漫的芬芳
沈浸在迷幻的月光
從上弦至下弦
觀看星星在月旁

我為何有些徬徨
喜歡踟躕在山水旁
這端和那端
哪端　是開始的一方

一滴晶瑩的淚光
折射出江水向大海流淌
心房的眼淚何時到眼眶
只是瞬間的時光

風雨的墨痕

滄桑風雨的墨痕
沁浸生命多深
進入人世風塵
在六道生根
生了多少愛與恨
心被日月拂過
多了晝夜的親吻

更是四季之春
芬芳春色溫暖撩人

讓心逐漸沈淪

多了鏡像的聽聞

堅強了執著的靈魂

妄念心思尤甚

藏在執著幻身

萬分的幽深

不停地轉著轉輪

鏡像攝影

來路是歸途

生死皆哭

滄桑印記了滿樹

無人可訴

滾滾風沙埋骨

又化塵飄向何處

生命就是榮枯

心房的河岸

愛和恨是自己的心生
是妄心隨境的自然
其實很簡單
只要不隨著境轉
可是卻很難
妄心給不了答案

妄想有點悲觀
希望拉著別人分擔
業力的因緣
尋找緣份的對聯

釋放了情感

那是妄想的愛戀

心連著心房的期盼

是化現了心的臉

也是陰陽的眼

卻是一個心房的河岸

情感的血脈相連

是需要的愛戀

水中花

看水中花
嗅不到花香在哪
戀人啊
你像鳥兒飛遠啦
沒有一句情話
更沒有家
你無意地
輕輕地撩了一下
留下一個傷疤

走了幾番春秋冬夏
只是那風景如畫
我來到橋下
還是戀著你呀
看著水中花
心裡很想吻她

心裡的刻碑

感覺冷風在吹

那是離別的滋味

雖然生命如同雲煙

好像還是心碎

只是感覺還是你美

難道要千年再等一回

把心念在心裡刻碑

貯存一份珍貴

讓情感的眼淚

在來世的夢裡相隨

等到來世相會

情感的流水

澆灌出最美的滋味

孤獨　煩惱　慧目

期待著　誰在乎
心必然孤獨
自己就是全部
那是我執的腳步

孤獨的痕跡
走著執著煩惱的路
執著也是我的骨
在紅塵的俗世
不斷地下著賭注

隨著境相使勁追逐

成了生命的全部

不知何時點燃

心中明亮的火燭

照亮另一條路

那裡有解脫的歌曲

清淨的慧目

眷戀的詩篇

你是我眷戀的詩篇
常浮現在眼簾
也不知是什麼時候
你早把心房染遍

內心的世界
從心的原點
到海角　到天邊
全是情感的詩句
描繪的你俏麗的容顏
化成了牽掛
化成了生命的思念

無悔又無怨

成了心間

離不開的眷戀

繼續續寫著詩篇

寄情

曾經歌聲悠悠
曾經歡笑滿樓
開心和不開心的時候
都會相聚一起
喝一壺香醇的酒
為了歡喜
也為了解憂愁
將希望夢想入喉
一醉方休

命運在四方遊走
度過幾番春秋
時常在風雨之後
靜靜地回首
想那釋懷的酒

想那春花滿了枝頭

想過後　心難留

看看寄情的明月

只有夢裡揮手

把心溶進月光

體會清涼色稠

風雨之初

每一個故事
開始了就是結束
而結束就是開始
每一世
都是相思苦
心生滿天風雨
身不由己
漂泊在塵世江湖

來路是歸途
生死皆哭
滄桑印記了滿樹

無人可訴

滾滾風沙埋骨

又化塵飄向何處

生命就是榮枯

故鄉在哪裡

心中風雨之初

不曾有逐鹿

其母　是寂靜的原處

曾經芳香了心田

坐在大樹下面
滿地的陽光碎片
在清涼的風裡
感覺到一絲絲的溫暖

靠著巨大的樹幹
就好像有了靠山
閉著疲憊的雙眼
不希望寂寥在心裡蔓延

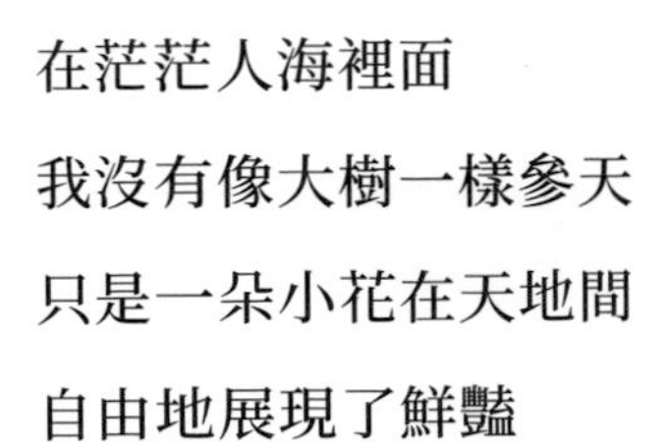

在茫茫人海裡面
我沒有像大樹一樣參天
只是一朵小花在天地間
自由地展現了鮮豔

我曾經芳香了心田
芳香了小小的空間
展現了隨緣的笑臉
有過自我陶醉的燦爛

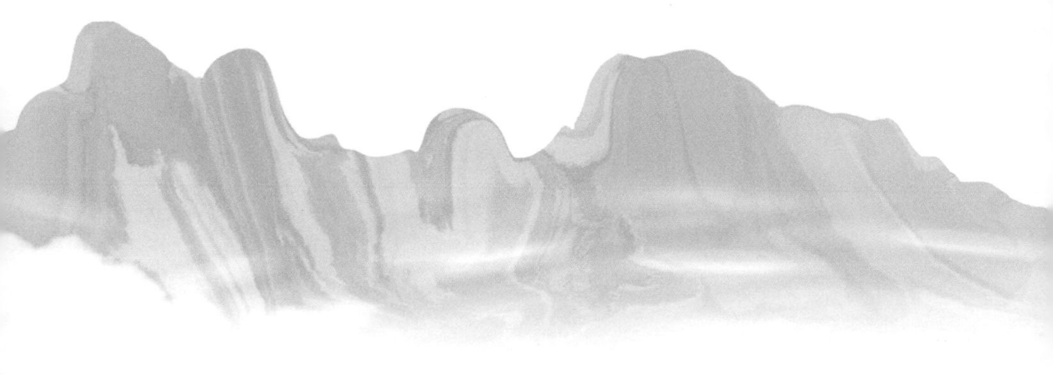

柔曼的輕煙

睜著眼　是你的臉
閉著眼　也是你的臉
在鮮花盛開的春天
你在花叢中鮮豔
從此　那定格的畫面
一直浮現在眼前

柔曼的雲煙
漫過了原本安靜的心田
一直漫到內心的遠山
在那高高的山頂上

你穿著花衣衫

從此　心裡的驛動蔓延

你是心中的一縷輕煙

在夜深的時候

你是月亮的臉

你是心裡的執念

化現的奇異夢幻

因為這份情緣

來到了人的世間

在遙遠的天邊

也有你美麗的臉

晨曦朝霞映紅了容顏

看著你的少年
內心跟著紅遍
熱情在每個細胞蔓延
原來你就在心裡面

一縷柔曼的輕煙
化現了逍遙的花仙
那曼妙的曲線
遮蔽了所有花鮮
遮蔽了所有的時間
醒了還在眼前
好像還在夢的裡面

白晝黑夜之間

醒著和在夢裡邊

那縷清香的輕煙

就在我的對面

可是卻又在心裡邊

原來是愛的真言

瀰漫在心靈的空間

是心中美妙的夢焉

灰塵

在滾滾的紅塵裡
心中滿是灰塵
生命的人身
不管是夢幻還是真
只是六道的轉輪
扯動的隨業的靈魂

一年四季開始是春
有多少期盼的人
為了鮮花開放
內心糾纏著在等
不管是什麼顏色的花朵
那也是命裡的緣份
人生路途的一程

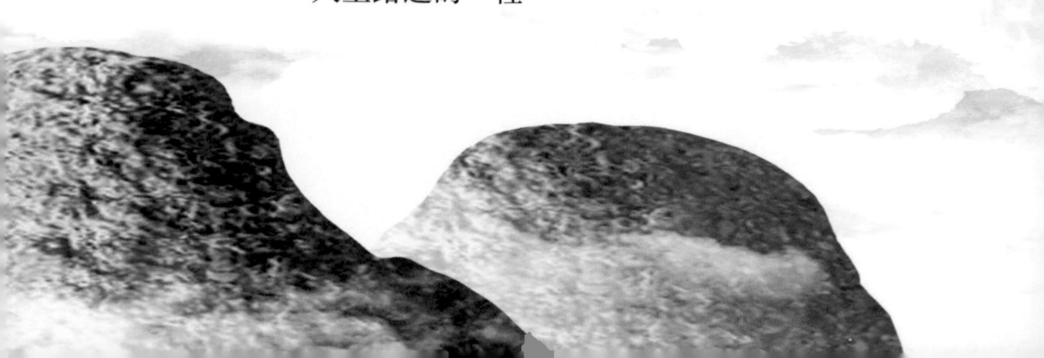

有緣份的人
是來自宇宙的一村
那曾經的緣和情
是繫在一起的
溫暖的餘溫
綿綿相連的思緒
就是緣份回顧的眼神
我們有共同的旅程

心上的灰塵
是妄心的執情
還有執愛的你
唱著悠揚動心的歌聲
在自然的境相裡
執著名相什麼都爭
繼續沾惹一堆的
迷幻的因緣灰塵

珍藏

將紅塵的滋味品嚐
身心充滿了滄桑
人就是一撇一捺兩筆
不知是感覺心涼
還是感覺的其中
又蘊含著一股清涼醇香

荷葉載著陽光
微風徐徐碧波盪漾
心莫名地感覺
這是慈悲光明的詩行
原來是我的心房
原有的佛緣　佛性光芒
一直在心中珍藏

萍水相逢

萍水相逢也是緣份
無數個萍水相逢
就會編織出美好的夢

水有了綠色的萍
多了份彩色的美景
多了份浪漫故事的情

萍有了柔波的水
就有了如畫的生命
就生出了情感的波影

萍水相逢雖然短暫
那也是一段緣份共行
珍惜當下擁有的美景

觀看

浮華裡痴男怨女糾纏
我卻踏上河岸
觀看聲色如何短暫
喜歡輕鬆自在
靜靜地看著藍天
更喜歡看河水之源
是那遠處高高的山巒

人生一世猶如帆船
會有風來自四面
也有洶湧的波浪拍船
有時繫泊在港灣
只是為了美麗的海岸
讓異動的心錨
抓住金色的海灘

走上了山巔

又走過了河畔

走在海灘看千帆

那海鷗歌唱的婉轉

不知是否有悲歡

那昨夜的風雨

一夜的笑談

只是情念的短暫留戀

寂靜的柔風

瀰漫的薄霧
淡淡散去不留
清清微風在山裡遊
和著晨曦
輕輕地把腳步留
清新了山巔
清新了山溝

清新的山間小溪流
悠悠地不回首
悄悄地遊離小山溝

柳枝飄搖得輕柔
可惜沒有

曲徑小樓

沒有少女

輕哼的歌謠悠遊

沒有風雅的小橋

也沒有雲裳薄紗飄流

更沒有甜美的嬌羞

寂靜的微風

腳步輕柔

喧鬧不留

留一縷清新的輕柔

在心裡幽幽地流

不繡錦繡

只是靜靜地撫遊

緣份的七彩箱

打開愛的七彩箱
讓彩色的記憶飄香
那無邊際的記憶長廊
是各種花色的模樣

雖然諸事無常
如絢麗的煙火之光
卻是美麗的印記
鑲嵌在無垠的天蒼

當心中生出境像
我許了一個願望
既然流星劃過了心房
那就是緣份的天象
我祈禱你永遠吉祥

你是人世間的花朵
伴我在紅塵流浪
一段奇異的夢幻
也是我緣份的夢鄉

打開記憶的七色箱
放出美麗的光芒
雖然只是心的境相
那也是緣份　愛的殿堂

路過了愛的殿堂
四處溢漫著誘人的香
那是緣份的七色花
像是雨後的彩虹
掛在高高　夢幻的天上

分別的眼瞳

(一)

眼中的是與非
心中幾千年的交會
情感的撞擊
身心的交瘁
模糊了看世界的眼瞳
留下了糾結的眼淚
歷盡了滄桑
有的淚珠化成了豐碑
有的成了千年的悔

雖然如幻如夢
只是紅塵走了一回
卻縈繞心頭
拽入世世的輪迴

（二）

人與人面對
風隨心而吹
一切念是妄心的滋味
念念皆有形
形皆有識相隨
七彩的世界
只是心隨境的流水
有了那麼多的風景
分別了醜與美
又分別了
萬物的忽視和珍貴

妄心的體會
產生了多少業力負累
心裡執著這最美
煩惱卻痛徹心扉

鏡像攝影

微風下的小橋
有香在繚繞
那是桃色的微笑
沐浴了唇膏
將樹影下的心撩
一念有了春曉
一輪月嬌

桃色的微笑

微風下的小橋
有香在繚繞
那是桃色的微笑
沐浴了唇膏
將樹影下的心撩
一念有了春曉
一輪月嬌

心念升起雖早
春色還少
那一念的俊俏
蹤影已杳杳
只有夜鶯一聲啼叫
隨後即是寂寥

只是心裡情未了
風輕輕地掃

心念生了無聊
人隨即開始變老
從清新的晨曉
到暮色了
自然的心緒裊裊
情絲心中繞
有了淡淡哀愁困擾
紅塵路迢迢

執念的紅豆

為何經歷了離愁
心間還有春秋
而且長出了花如舊
這是為誰守候

那是往昔的情感
並沒有相守
只是化形殘留
餘波蕩漾　悠悠悠悠

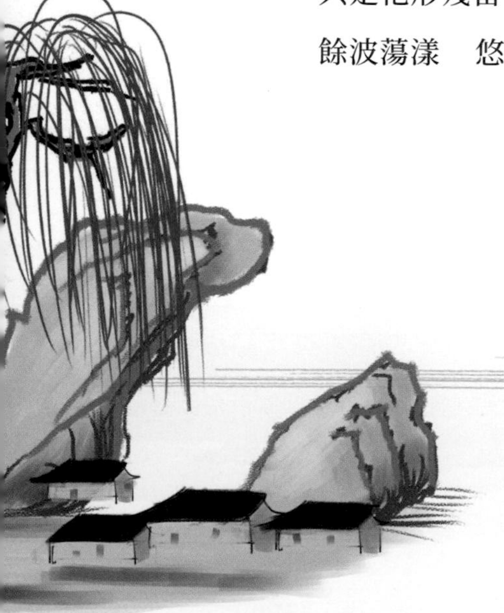

心房有了傷痕的紋皺

還是經常回首

摯情像石頭

妄念的那顆紅豆

一次次地重生

繼續地生在心頭

心相知　相交

心相知　肝膽相照
那是善業因緣的果報
前世種下的蟠桃
心要知曉
感恩之心最好
所有的一切
心才是真正的主角

夜晚的河畔靜悄悄
月光皎潔色好
心中洋溢著微笑
無倦意　無法睡著
情義之火燃燒
在心間繚繞
心田乍開花一朵

那是情義相交

直到世界天荒地老

分別的眉目

潸然淚下的深處
是情感的回顧
猶如深秋的朝露
那是因緣俱足的信步
只是隨緣來去

白晝招來了夜幕
那是分別輪迴的歸處
正如所謂的知己
也是內心需要的呵護

一生到底為了誰

生活在分別執著裡

妄心沈迷而住

為了感受而笑而哭

卻看不清人心的眉目

在真假裡隨業虛度

一念之差

誓言和謊言
只是一瞬間
一念之差
生活在兩個世間

短暫與長遠
只是距離的時間
管它多少年
因果會計算

好與壞的花朵
終究會開放鮮豔
最好平平淡淡
自然會有答案
海枯石爛
因果也會兌現

種子和收穫

秋天是收穫
也是暮色蒼茫之歌
果實裡的種子笑著
我是從春天開始穿越

秋天是財富肥碩
那粒珍貴的種子
隨著因緣的風飄落
是心願的風吹過

心願未忘

雙鬢已經染霜
心願未忘
雖然寒秋枯葉飄零
蕭瑟蒼茫
自然世態皆炎涼
心中的慈愛柔情
有情群中穿身而往
懷揣著清新暗香
目光情意柔長
春秋茫茫
頭頂一輪明月清光
清淨清涼

感慨

月照山林流水長
春天花香
燕子飛過柳枝飄揚
深秋晨早遍地霜
樹葉枯落寒涼
感慨在心房

雲海茫茫
萬里翻滾如波浪
似心中悲愴
濁酒一壺又何妨
放縱一次荒唐
對天哭笑一場

皆由心現

大地由心現
自然也現了藍天
心中的糾纏
現了美麗的山川
還有霧雨雷電
分別執著
美麗心動的時間
轉眼就是千萬年
隨業輪轉

你　俊俏的容顏
放電的雙眼
有了塵世的情念
卻是妄想的留戀
執著夢幻的絢爛
煩惱了時空心現

迷惑著旅行

在六道輪迴裡蹉跎時間

繼續分別執念

十法界由心現

卻不知　心念動

就是時間和空間

形識就是心念

心撥動生命的琴弦

在境相裡隨境翩翩

那就是妄想的心念

分別執著的世間

卻分裡外虛實

不知諸法空相

皆由心現

只是一場心動的夢焉

漣漪在心間

漣漪起在心間
只是一滴眼淚
就花了你俊俏的臉
也花了你那長睫毛
像孩子一樣的眼

那是一個傍晚
讓人從此就留戀
現在各自在天邊
可是漣漪為何還不散
只因那時有心願

漣漪起時是瞬間

隨著四季輪轉

從此漣漪就不斷

那是愛的氣息

讓它動了這麼久遠

不要飛錯了方向

濛濛細雨
讓群山矇著煙
山間有歌聲迴盪
一下子多了
思念的惆悵

小河清澈
靜靜地流向遠方
像是情感之水
默默地流淌
想起你在
遙遠的遠方
真想對你
訴說愛的衷腸
你近來是否無恙

你一直縈繞在
我思念的心上

喝一杯清酒含香
想熄滅
心中的惆悵
心中的思念
翻騰飛揚
想念生出
隱形的翅膀
不要飛錯了方向

鏡花緣　心滅影像

愛人是續緣
緣未盡　她偎依在心上
盡了　沒緣了
她在未知的他鄉

愛人是牽掛
愛心的手拉著她不放
沒了　無牽掛
她在心外亂遊蕩

愛人是妄念
幻想著世界四季芬芳
停了　無妄念
鏡花緣　心滅影像

愛人如夢幻

狂心未歇她在你身旁

歇了　清淨了

她在美麗的天堂

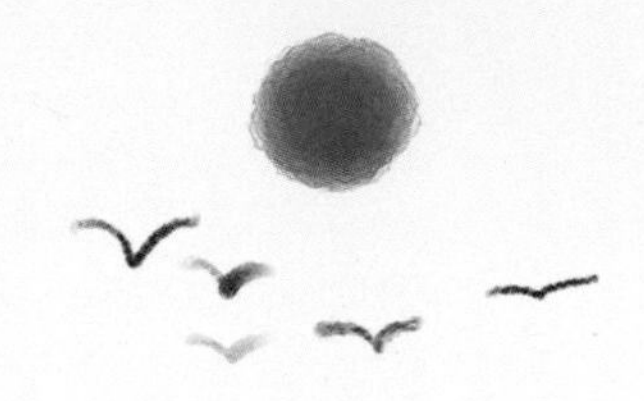

希冀像浮雲

希冀像浮雲聚散
有的帶著風雨雷電
有的只是帶著風
來去都是因緣
因緣聚合的一念

心在境相裡生念
分別取捨愛戀
念的形識像青煙
只是緣生緣滅的虛幻
滄海桑田的轉變
也只是一眨眼
可是沾染的癡念
為何如此　既然
還有傾城之戀

心中的堅持彌漫

塵世中的路卻不堪

時常徬徨又茫然

還有太多的遺憾

只是煩惱相伴

淚水忍含在眼

不想濕了遮掩的衣衫

心裡的吶喊感嘆

又像老生常談一般

是人生普遍的橋段

八苦隨緣顯現

人們　卻在其中

尋求美麗鮮豔

尋求依偎的溫暖

幻化的相愛　相會

去年的今日
　我與你
　　執手遊玩賞芳
今年的今日
　我佇立空望
　　遙遠遙遠的遠方
今晚應了
　那句古老的神話
　　七月初七　雀橋搭起
　　　有情的人兒
　　　　相會在情橋的當央
可是今晚
　我受傷的心喲
　　不知是否　是否
　　　還能演化　生出
　　　　無數的喜鵲飛翔

是否搭起　搭起

我們飢渴心上

摯愛的彩虹橋樑

夢中演繹

七仙女的樂章

精彩的傳奇

在董永的故鄉

天上人間

人仙各有

具異的生命道場

綿綿的故事

是七情幻化

波波的情景淚光

悲歡的歌謠

跌宕起伏著

離合的傷痛情傷

心心相印

尋尋覓覓地尋覓

祈求有情的人

地久天長的情長

心語

花開花落好似無言
心語的芬芳已傳布好遠
好像有三生的緣

暖風徐徐吹來
醉意的溫馨拂面
讓人想春眠

你就像一朵盛開的蓮
靜靜地佇立在心田
那淡淡的微笑嫣然

擦肩而過非擦肩
身邊也非是身邊
緣份有些糾纏
心裡如藍天　風輕雲淡
安詳地將馨香手挽

愛恨的心魂

身在滾滾紅塵
不知苦海有多深
那心中的愛恨
就像細雨迷濛紛紛
澆灌著煩惱的根
演繹著生生世世的離分
愚癡了的心魂
貪戀著生
貪戀著美麗的青春
貪戀著早晨
希望聽美好的琴聲
縈繞在耳旁陣陣

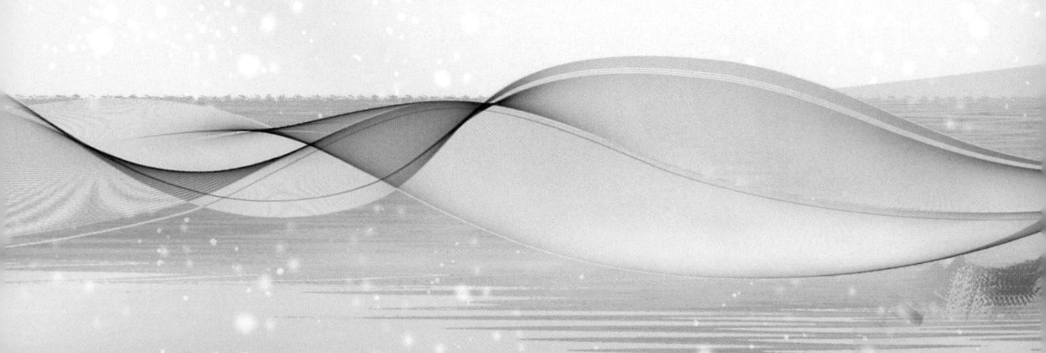

又是一念情深

直到大雪落紛紛

輪迴的大樹根

將心中的執著愛根

送到來世延伸

那是愛恨的心魂

詩集後記：

《心生彩虹般的橋樑》

我想你的時候
你在遙遠的地方
你想我的時候
我無奈地望著遠方

兩個人的心
因為相通
在遙遠的兩地
架起了相連相應的橋樑
心心相印
心裡住著對方模樣

如彩虹般的橋樑
因心想升起

把美好畫進這痕跡
把一片
　慈悲的祥雲畫進這痕跡
見到這痕跡的人
　人生添一片錦繡
　　添一道彩虹的美麗

我的光彩就是你的光彩
　就是你的光彩奪目
　　希望璀璨般的神奇
或者　讓你踏著這痕跡
　開心快樂的走
　　走出你的彩虹般的路
或者　讓你踏著
　我身軀化成的彩虹
　　畫上更美好的絢麗痕跡

我的心
　願托起彩色的虹
　　彩色的祥雲與晨曦
　把你托起到美好的天堂
　　這是我最憧憬的心意

我只是一道痕跡
　一道為你生的彩虹雲氣
那是我心中的菩薩
　化現的聖境大慈
那是我心中的佛陀
　化現的極樂的法船普渡

那是一道痕跡
那是一道我生命的痕跡
那是我的心願
　幻化的彩虹般的痕跡
那是我的心願
　幻化的美好希望的晨曦

前言的痕跡，到後記的彩虹般的痕跡，正好畫一個圓，書寫一個圓滿。有因就有果，希望這本詩集給您帶來一些不一樣的風光，帶來一些生活中茶餘飯後的話題，增加一點您生活中的佐料和彩色，也帶來安詳的禪意，帶來覺悟智慧。希望您快樂吉祥！

鏡像系列詩集

《郵寄》

《靈魂》

《一池紋》

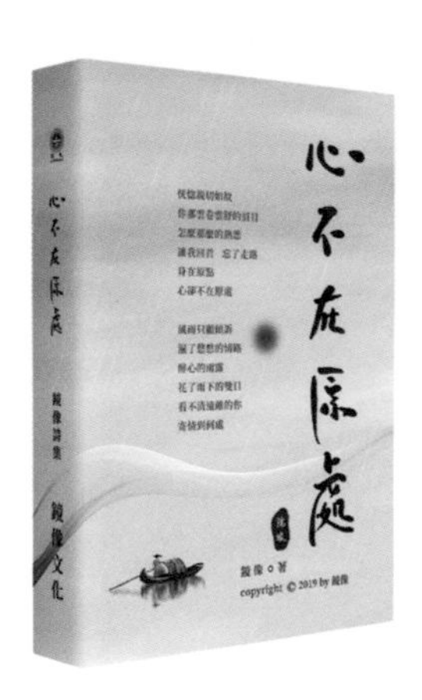

《心不在原處》

鏡像系列詩集

《眼角》

《心念》

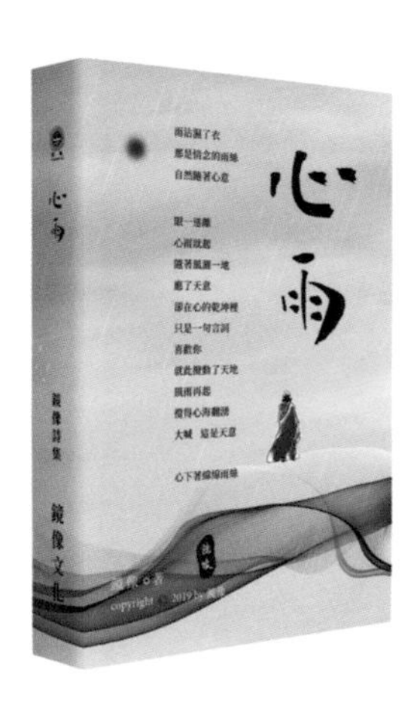

《心雨》

《桃花夢》

鏡像系列詩集

《心情的小雨》

《宿緣的一眼》

《情送伊人》

《河岸》

鏡像系列詩集

《心田之相》

《原點》

《困惑》

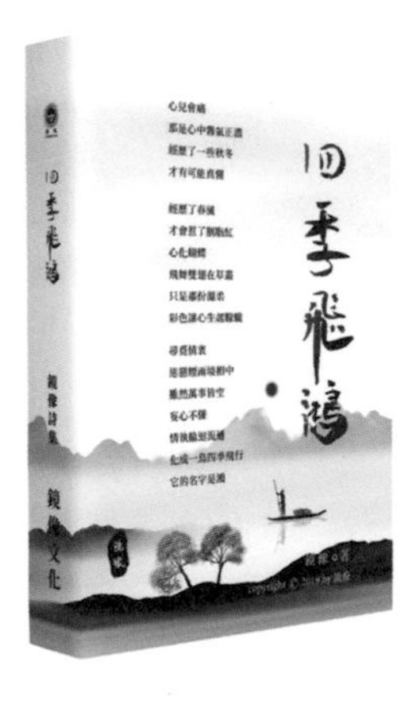

《四季飛鴻》

鏡像系列詩集

折射 鏡像詩集

作者	鏡像
發行人	鏡像
總編輯	妙音
美術編輯	彩色 江海
校對	孫慧覺
網址	www.jingxiangshijie.com
YouTube頻道	鏡像世界
臉書	www.facebook.com/jingxiangworld
郵箱	contact@jingxiangshijie.com
代理經銷	白象文化事業有限公司 401台中市東區和平街228巷44號 電話:(04)2220-8589
印刷	群鋒企業有限公司
出版日期	2020年1月　　初版
ISBN	978-1-951338-55-8　　平裝

定價　　NT$520